海猫的旅程
2
穿越绮罗海

〔日〕竹下文子◎著　　〔日〕铃木守◎绘

王俊天◎译

北京科学技术出版社

100层童书馆

目 录

登场人物

米莉
帮助珊瑚郎的少女

珊瑚郎
海猫岛的水手

风止
海猫岛的医生

鱿鱼丸
海龟号的见习水手

海猫的旅程 2

穿越绮罗海

1 / 海猫岛

已经可以看见矗立在港口的灯塔了，我稍稍放缓了航速。

木栈桥与白色的建筑在我的视野中摇晃着缓缓靠近。

一群海鸥咕咕地叫着飞了过来，绕着桅杆盘旋。

"不好意思，我没有吃的。"

我朝海鸥挥了挥手，但它们依然紧追不舍，一直跟到港口。

时隔两周，我再次回到了海猫岛。

我叫珊瑚郎，是马林号的船长。虽说我是船长，但其实现在这艘船上只有我一个。

海猫船大小不一，大船能容纳一百人，而我的马林号是一艘小船，最多只能容纳三人，我也没怎么雇过助手，基本上都是独自出海远航，毕竟独自旅行才自在。

马林号是在海猫岛的造船厂制造出来的，它是我的第二艘船。我驾驶马林号得心应手，开着它在海上航行，就像出远门时脚上穿了一双专门为我定做的长筒靴那般舒适。

"喂——"

我看到有只海猫在码头上冲我招手，那是一只年轻的白猫，瘦瘦高高的。

"喂——珊瑚郎大哥——"

"噢，是鱿鱼丸啊。"

我一边观察风向，一边操纵小船缓缓靠岸。鱿鱼丸接过我扔给他的缆绳，把船紧紧地系在栈桥上。

"你回来啦，老大，浪大吗？"

"海面上风平浪静，只是起了点儿雾。回来的时候，我淋了点儿雨，没什么大碍。"

我放下船锚，收起船帆。鱿鱼丸从栈桥上跳到船上帮忙。

"这条船真好，坐起来真舒服，和旗鱼老爹的海龟号完全不一样。"

鱿鱼丸在我的马林号上东瞧瞧西看看，羡慕极了。

鱿鱼丸年纪太小，还没有属于自己的船，只能在不同的船上当见习水手。海猫族的水手们都是这样在见习的过程中学会驾驶船只的。

"海龟号不也挺气派的吗？我觉得在老式渔船中，它能排第一。"

"但是，它已经过时了，速度也提不上去。我想要一条像马林号这样的船。"

鱿鱼丸拍了拍马林号的桅杆。

"老大，你下次再去新月岛的时候，带上我行吗？"

"别叫我老大，我们又不是海盗。"

我把装满随身物品的袋子扛到肩上，跳上了栈桥。

"珊瑚郎大哥，你之前不是和我说过吗？要趁着年轻，到各种各样的船上去多体验体验。"

"没错,我是这么说过。"

鱿鱼丸性格随和,又非常勤快,脑子也不笨,只是话太多了。下次出海要带他吗?去新月岛的航程比较轻松,我并不需要助手。

"对了,老大,啊不,珊瑚郎大哥,风止医生正找你呢。"鱿鱼丸在我身后补充道。"他好像有什么急事,让你回来之后尽快去找他。"

"这样啊,那我一会儿就去找他,谢谢你。"

我离开港口,悠闲地向小镇走去。

夏日的傍晚让人心情舒畅,天空呈现出淡淡的蓝色,不时有微风拂面而来。

远处,有个孩子在桥上钓鱼,一群老伯坐在刚刚开始营业的小酒馆门口聊天。卖贝类和鱼干的小车经过,传来丁零零的铃声。

真不可思议,每次航行归来,我总感觉自己走在一条陌生的街道上，仿佛来到了某个远离家乡的陌生小城。

我时不时和迎面走来的熟人打着招呼，随后，来到了一家卖珊瑚工艺品的店铺。

狭窄的店铺里灯光昏黄，感觉有些阴暗。玻璃柜台里陈列的珊瑚工艺品栩栩如生，闪着朦胧的光。

"哟，珊瑚郎，你都回来了？真快啊。"

原本正伏案工作的店主大叔抬起头，扶了扶眼镜。他手边放着一块打磨到一半的水晶珊瑚，这种漂亮的珊瑚只有在海猫岛南边才能采到。

"新月岛之行怎么样啊？"

"马马虎虎吧。"

我拿出一个脏兮兮的小皮袋放到工作台上。袋子圆鼓鼓、沉甸甸的。

大叔解开袋口的绳子，把袋子倒过来，里面或新或旧、各式各样的钱币丁零当啷地滚了出来，在桌子上堆成了一座小山。这是我把珊瑚工艺品运到新月岛上卖掉后得到的钱。

"哇，赚了这么多啊！"

大叔粗略地数了数钱币。

"你小子挺有商业头脑的嘛。换条大点儿的船，干一番大事业，怎么样？"

我笑着摇了摇头。倒卖珊瑚工艺品的工作还不错，可我不适合做买卖。我既不想换条大船，又对挣钱不感兴趣。像现在这样，经常驾驶着马林号出海航行，随心所欲、悠然自得地生活，我就满足了。

"那真是太可惜了。我一直觉得，你走到哪儿都能挣到钱。"

大叔翻开破旧的账本，算了算，又记了几笔，然后把我的那份报酬递给我。

　　"行，等你想干了，随时和我说，我这里有干不完的活儿。"

　　说着，大叔又继续打磨手边的水晶珊瑚。

　　那块珊瑚呈淡淡的紫色，像晚霞一样美丽。不难看出，这块珊瑚即将被做成小鸟的形状，它的翅膀从大叔指间隐约露了出来，仿佛下一秒，它就要振翅高飞。

2/风止医生

走出珊瑚店，暮色比刚才更浓了。路边草丛中的月见草开花了，香气扑鼻。

路灯闪烁了几下，依次亮了起来。

我差点儿忘了，回家前还要去见风止。

说是家，其实只不过是一间小屋，里面连件像样的家具都没有。我待在岛上的时间远没有出海航行的时间长，所以马林号更像我真正的家。每次在船上生活超过两个星期，再睡到不会随海浪摇晃的硬床上，我都难以入眠。

风止是我的朋友，他在镇上最大的医院里当院长。

医院建在一座小山的山腰上，那是一座白色的建筑物。见风止没问题，但我实在不想去医院。我很讨厌医院里刺鼻的消毒水的味道，它总会勾起我不愉快的回忆，比如三年前我刚刚漂到这座岛附近的情形。

医院门口也亮起了灯，我拜托一位刚好路过的护士把风止叫出来。

"珊瑚郎，让你特意跑一趟，真不好意思。快进来。"

风止从长长的走廊另一端快步走来，身上的白大褂随着他急促的脚步晃个不停。和我打招呼时，他声音非常洪亮，真不愧是小镇业余合唱团的男中音。

"哎呀，今天把我忙坏了。从早上开始，急诊病人就一个接一个，我到现在都没吃午饭。你是刚回来吧？进来陪我待一会儿？"

"去外面吧，难得有这么舒服的傍晚。"

听我这么说，风止笑了。

"你还是老样子啊，那我们去院子里说吧。其实我找你，是有件事想拜托你帮忙。"

风止坐到院子里的长椅上，津津有味地大口吃起了三明治，还要给我尝尝，我拒绝了，只接过了一大杯凉凉的山泉水。

岛上的山泉水特别好喝，回味甘甜。马林号和其他船一样，都装有滤水箱，能将海水转化成淡水。所以航行时，喝水不成问题。不过，回来之后，大家最想喝的，还是岛上甘甜的泉水。

"你马上又要出发了吗？还是打算在镇上待一阵子？"

风止问我。

"再待一阵子吧，船要重新刷漆，零件也都生锈了，需要保养。不过，我不会待太久。"

"没错，要是鸟又一次在船上筑巢，可就麻烦了。"

风止笑着说。

他说的鸟在船上筑巢，其实是去年春天发生的事。那时，我悠然自得地在岛上休息了很长一段时间，马林号一直停泊在码头。谁知道，小鸟竟然在马林号上筑起了巢，还下了蛋。我刚起航，就发现鸟妈妈拼命追着船飞，这令我十分为难。后来，我不得不把船停回港口，一直等到雏鸟离巢才再度起航。

"你找我有什么事？"

"啊，对了，差点儿忘了。"

风止把剩下的三明治一把塞进嘴里，嚼了嚼咽了下去，然后看着我的脸，语气突然严肃起来。

"珊瑚郎，你想去绮罗海吗？"

"绮罗海？"

我疑惑地问道。

那片叫绮罗海的海域，位于海猫岛东北方。以马林号的船速，用不了三天就能抵达。

听说，无论是多么年轻、健壮的水手，都会避开那片海域，因为那里水流湍急，还有很多礁石。湍急的水流在那里形成漩涡，一不留神，船就会被卷进去，最后被海浪拍打在礁石

上。但我也只是听说，从未靠近过那里。

"你为什么这么问？那可不是正常的水手会去的地方啊。"

"所以我才来拜托你。"

"你为什么想让我去那里？"

风止眼神闪躲，似乎心有不安。

"这是个秘密，传出去就糟了，你可要答应我保密。"

"好，我不说就是了。"

风止迅速向四周张望，确认没有其他人之后，凑近我，压低声音说：

"南海岸那边出现了嗜睡症。就在那个专门采珊瑚的村子。村里有三名患者，其中一名是小孩，我已经让他们住院了。往后，患者数量肯定还会增加。对了，这件事你不要告诉任何人。"

"嗜睡症？……"

我叹了口气。

嗜睡症非常罕见，是一种很可怕的疾病。得了嗜睡症，患者会整天沉睡，日渐消瘦。如果放任不管，患者甚至会死亡。这种疾病病因不明，并且会传染。听说以前，有一整个村子的村民都得了这种病。

"有能治的药吗？"

"有，药是由玻璃贝制成的，能防止传染、抑制病情蔓延。但是……"

风止叹了口气，扶着额头。

"由于嗜睡症已经很长时间没有出现过了，我就放松了警惕。清点了医院的药物才发现，一些药过期了，剩下的药只够分给五十人吃。"

"为什么不事先多准备一些？"

我看着风止的眼睛，有些生气地问道。连我都知道岛上生活着多少村民。

"是啊！万一疾病蔓延到整座海猫岛，这点儿药是无论如何都不够的，所以我需要更多的玻璃贝来制药。珊瑚郎，你知道哪里能采到玻璃贝吗？"

"不知道，我只见过它的外壳。"

风止将声音压得更低了，说道：

"绮罗海有，现在也就绮罗海有这种贝壳了。"

原来是这么回事。

我将杯子里的水一饮而尽。不知何处传来蝉鸣，天色已晚，为什么它们还要叫个不停呢？

"风止，你为什么要偷偷摸摸地和我商量这件事？赶紧告诉大家啊，只靠我，根本不是办法。"

风止缓缓摇了摇头。

"不行，珊瑚郎，这件事不能对外公开。"

"不能公开？"

"没错。你好好想想，"风止攥紧拳头捶了几下膝盖，"这可是医院的失误。海猫岛人人皆知嗜睡症的恐怖，如果告诉大家，药只有五十份，你想过后果吗？到时候会有成百上千的村民蜂拥而至，前来寻药。如果没有药给他们，医院将失去信用，我这院长也别想干了。"

"那也是你造成的。"我故意冷淡地回答。

风止恳求道：

"你现在怎么说我，我都无所谓，但珊瑚郎，你也替大家想想，无论如何也不能引起骚动。现在我们对患者家属都在隐瞒，要是引起恐慌就糟了，到时候局面肯定一发不可收拾。"

"所以你是想神不知鬼不觉地摆平这件事。"

"别这么说。"

风止难过地摇了摇头。

"好吧，我懂了。"

我站起身，风止连忙紧紧地抓住我的胳膊。

"珊瑚郎，我知道拜托朋友做这种事很过分，我也知道绮罗海很危险，可我实在是没有谁能指望了。我可以付给你很多报酬，而且……"

"我知道了，你快回去看看患者的情况吧。"

我转身离开。

他怎么这么懦弱啊，亏他还是一院之长。不是说搞不好

会危及全岛海猫的性命吗？那他还磨蹭什么？

不知道为什么，我很生气。也许因为嗜睡症，也许因为风止，也许二者都有。

在外航行了两周，赚的钱够我潇洒一阵子了。马林号还在等着我给它重新刷漆，我为什么要去绮罗海那种地方呢？

"喂！风止！"

我转身大喊。黑暗中，我只能看见风止模模糊糊的身影。

"你还算个医生吗？给我振作起来！"

风止无力地挥了挥手，似乎想说些什么。我没再看他，转身大步远去。

3/起航

黎明前，我解开了马林号的缆绳。

港口空无一人，白茫茫的雾弥漫在海面上，灯塔的光如锋利的刀，割开朦胧的雾。

"不好意思，过几天再给你刷漆吧。"我对马林号说。

一个人在海上航行的时候，我总会这样和马林号说话。

风平浪静，马林号的帆被收了起来。仅凭装着太阳能电池的辅助引擎，我也能把船开起来，就是速度不怎么快。

马林号似乎对这次征程毫无兴趣。

要说船有自己的想法，未免有些奇怪。但海猫岛的船仿佛真的很有主见。它们和水手同甘共苦，时而兴奋，时而沮丧。

我宣布本次征途的目的地后，马林号有些情绪低落。我安慰了马林号几句，直直盯着东北方向。

"喂，马林号，我可全靠你了，拜托了。"

昨天晚上，我在酒馆待到很晚，请上了年纪的海猫老伯们喝了一杯。喝酒期间，我向他们询问了有关绮罗海的情况。

在大多数情况下，退休的老水手们很喜欢讲讲往事。但是一听到"绮罗海"三个字，大家都面面相觑，说话也变得支支吾吾的。

"是谁要去那种地方？简直是鬼迷心窍！那片海域特别可怕！"

无论问谁，都只能得到类似的回答。

我试探着打听谁去过那里。

"那你可以问问那边的黑青花。喂，黑青花，你年轻的时候是不是差点儿被海水淹死来着？来和这个小兄弟讲讲嘛。"

被叫到名字后，黑青花老伯朝这边瞪过来，他耳朵上有一道很明显的伤疤。

"谁差点被淹死了？少说这么不吉利的话。"

黑青花老伯好像喝了不少酒，心情还不错，他招呼我坐到旁边。

"去绮罗海的人都是为了证明自己有本事，以前我也去过。哎呀，那时候年轻嘛，想在女孩子面前出风头，特意跑到危险的地方去。"

说完，他便笑了起来，笑声有些沙哑。

"不过，把船开到漩涡正中间后还能活着回来的，就只有我一个。我那时太年轻了，无知者无畏啊。虽然我驾驶的是一艘破破烂烂的乌贼捕捞船，但它是我老爹的宝贝。回来之后，我就被他狠狠揍了一顿。"

黑青花老伯说，当时他将船驶出了漩涡，但是船却撞上了礁石，而且被撞出了一个洞。他两天两夜没睡，一刻不停地把涌进船里的水舀出去，这才回到了岛上。船上的东西几乎什么都不剩了，唯独玻璃贝被完好地带了回来，这也是他去过绮罗海的唯一证据。

我把黑青花老伯说的每句话都深深地刻进脑海里。

"那个叫玻璃贝的是什么宝贝呀？"我装作漫不经心地试探着问道，"现在去，还能捡到吗？"

"那东西应该还有，它们就生活在绮罗海附近的礁石上。不过现在的年轻人啊，可没有胆子那么大的了。别说他们，我自己都不敢去第二次，给我再多钱我都不去。"

黑青花老伯放下酒杯，盯着我，问道："咦，你为什么要打听这些事？你小子该不会想去绮罗海吧？"

"怎么可能。"

我笑着敷衍道，但心里已经打定了主意。

"如果谁要去绮罗海，我一定要阻止他。"

老伯凑近我，用沙哑的声音说道：

"好几个同伴的船都在那附近沉没了，那确实是一片非常恐怖的海域。我能死里逃生，全凭运气和直觉。"

　　我将控制航向的工作全权交给马林号，躺在甲板上舒展四肢，悠闲地睡了个午觉。醒来后，我拿出鱼竿，钓到几条不知名的黄纹小鱼，然后生火把它们烤了。

　　真舒服啊。

　　我非常喜欢这种生活。只身前往绮罗海既不是因为受风止所托，也不是为了拯救身患嗜睡症的患者，只是因为所有需要出海远航的工作，我都会接受。

　　夜深了，繁星闪烁。我抬头仰望繁星，感觉整条船仿佛悬浮在夜空中。

　　哗啦——哗啦——

海浪拍打着船舷。夜空中也会泛起浪花吧？听说我们去世后会变成星星，挂在广阔的夜空中。我现在就有这种感觉。

　　我仰望着繁星密布的夜空，思考着自己将来会化作一颗怎样的星星。想着想着，我就进入了梦乡。

4 / 海的声音

三天过去了，一切平安无事。

我睡了个午觉，醒来把衬衫洗了，然后将船上金属零件表面的锈磨去，又涂上一层防锈漆。做完这些，我开始钓鱼，没费多大力气就钓了好多鱼。我把吃不完的鱼用绳子串起来，打算晒成鱼干后储存起来。

之前急着出发，没时间准备足够的食物。不过，只要有滤水箱，就不用发愁饮水问题，吃的东西总能找到的。

我时常站在船头，聆听大海的声音。

该怎么形容大海的声音呢？除了海浪声，还有更低沉的声音，那是深不可测的海底发出的召唤。

这声音有时像在诉说，有时像在吟唱，有时又像在反复呢喃；有时连续又清晰，有时断断续续，有时又戛然而止。

大海的声音时而很温柔，时而充满愤怒。当然，我也不能全部听懂。确切地说，大部分我都听不懂——但我还是很喜欢听。

或许正是因为喜欢听大海的声音，所以我才经常一个人出海远航。倘若带上一个像鱿鱼丸那样的帮手，我就无法享受这样的时光了。

这次出海，我其实需要一个可靠的帮手，默默地跟着我，在关键时刻帮助我。我不是没动过找个帮手的念头，但实在没时间寻找合适的人选，我便放弃了。

而且，万一遇到不测怎么办？我不想牵连别人。

会遇到什么呢？

我摇了摇头，想起了风止。

风止和我不一样。怎么说呢，他出身于医生世家，而且作为医生，医术还不错。他生活得悠然自得，也很善于社交。

风止的父亲医术高明，自从风止子承父业，当上院长，医院经营状况良好，没出过任何问题。

风止，传染病暴发、药不够这些事，你到底要保密到什么时候啊？我不想看到你手足无措的样子。我只是再也看不下去了，仅此而已。

必须抓紧时间了。我让马林号全速前进，要是风再大一些就好了。

我重新缠好缆绳，确认船帆没有破损后，又开始钓鱼。晚上，我做了鱼汤，吃了些喜欢的熏贝，就睡了。

到了第四天，风向突然变了。

"终于来了。"

我对马林号说。

桅杆上的帆鼓了起来，被风吹得哗哗作响。缆绳也嘎吱嘎吱响个不停。海浪拍打着船头，溅起巨大的白色浪花。

灰色的云朵低垂在海面上方，快速朝南移动，气压表指针指示的数值一直在下降。

我忽然有种不祥的预感，这是海猫特有的直觉。虽然有时不准，但大部分时候都很准。

能死里逃生，靠的是运气和直觉吗？黑青花老伯啊，拜托你把好运也分我一些吧。

海浪溅了我一身。我试着聆听大海的声音，但大海什么也没告诉我。

好吧，我只能靠自己了。

5/绮罗海

不用看航海图，我就能明显感觉到马林号已经被强风卷进了绮罗海。

我从没见过这种颜色的海。该如何形容它的颜色呢？平静的海水是如同毒药般的青色，而会将船紧紧缠住、仿佛要把它带入深渊的漩涡，是银灰色的。

这里是如此可怕，难怪水手都不愿意来这片海域。

我紧紧握住舵，总算操纵随波摇晃的马林号顺风航行。

"要是被卷进漩涡，可就完了。"

到处都是黑色的礁石，它们露出锋利的尖角，让人毛骨悚然。水的流速很快，并且流向错综复杂。

有经验的水手可以判断海水的流向。航路如道路：有的宽，有的窄；有的平坦，有的凹凸不平；有的安全，有的危险。只要仔细看，就能分辨出来。水手要做的就是选择正确的航路，开船前进。

但绮罗海是另一回事。这里的水流速度太快了，根本没有时间给水手去思考和判断。

"你会看到光头石在你右边，记得要从它的'鼻子'前面绕过去。"

我的脑海中反复循环着黑青花老伯的忠告。

哪块是光头石，哪里是它的"鼻子"？所谓陷阱又是什么？冷静，冷静啊，珊瑚郎！

黑青花老伯几十年前曾开着破旧的乌贼捕捞船来到这里。船身虽然破了个大洞，但船没有沉。我的马林号应该能毫发无伤地顺利返回。

我太自信了？倒也不是，只是脑子里出现了这么个念头。

我时刻关注风向和潮汐，大胆把船开进礁石之间。

接着，我看到一块顶部光滑圆润的怪石，是光头石！马林号的船身擦着光头石的边缘驶过时，光头石好像在咧嘴微笑。

从刚才开始，马林号的警报器就一直响个不停。

为了避开危险，海猫族的所有船都必须安装这种警报器。

我已经特意把警报器的临界值调到了最高，尽管如此，它还是响个不停，这说明现在情况极其危险。

我之前在新月岛西面的海域遭遇暴风雨时，它都没这么响过。

"我知道了，闭嘴吧！"我怒吼，"我才是船长，别吵了！"

马林号顺着水流，全速驶过一块耸立的礁石。黑色的长脖子海鸟一边发出阵阵恼人的叫声，一边拍打着翅膀飞走了。

接下来往哪边走？右边，还是左边？我还没想好，下一块礁石已经逼近。

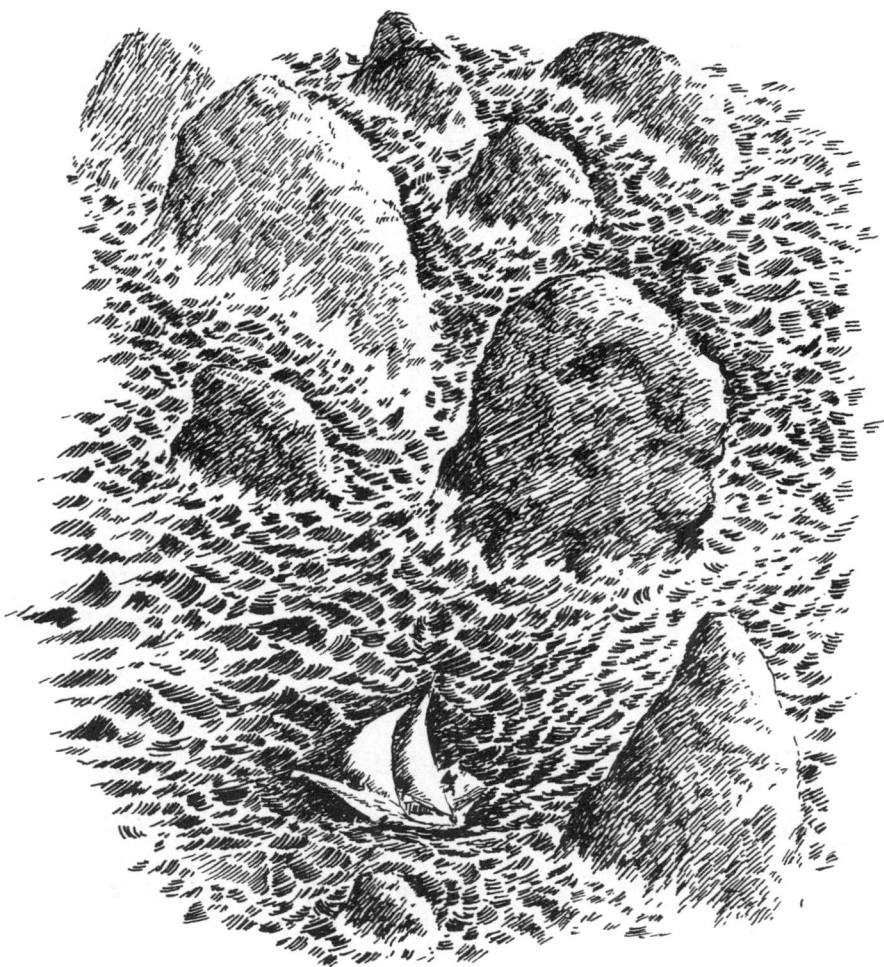

"别走宽敞的水路。"

往右！

我立刻将整条船斜过来，避开了这块礁石。礁石的凹陷处生长着一簇小草，它们紧紧地扒着石壁，草间的黄色小花映入我的眼底，留下一抹明亮的黄色。

船在湍急的水流中顽强前进，我不断调整方向。接下来呢？往左？不，该往右！

这已经不是在考验水手的本事了，根本就是在碰运气，运气不好的话，船就会撞上礁石。

出乎意料的是，我并不感到害怕。我也没有时间害怕。

必须找个海浪不太大的地方抛锚停船。我可不是来这鬼地方碰运气的，我的任务是把玻璃贝带回去。

眼前出现了一座荒岛。我驾着船逆着湍急的水流，绕岛航行。刚才那只通体乌黑的海鸟停在干枯的树枝上，不住地叫嚷。绕了一圈，我都没有找到能停船的海湾或浅滩。若是一不留神撞上小岛，船恐怕会被撞翻。

黑青花老伯采到玻璃贝的地方在哪儿？

"在龙口洞。"老伯是这样告诉我的。

龙口洞在哪里？

突然，一阵巨浪打了过来，我浑身都湿透了。我好不容易把船稳住，却还是晚了一步，没能避开一块岩石。高耸的岩石如同一面墙，挡住了船的去路。

岩石正中央有一个黑色的洞，如同一条恶龙张着大嘴，在那里等着我自投罗网。

来不及再想该往左还是往右，只能听天由命了。

马林号朝着洞口，像离弦的箭一样径直冲了进去。

眼前一片黑暗，砰的一声，一阵猛烈的冲击袭来。我摔倒在倾斜的甲板上，随后向下滚去，我连忙紧紧抓住桅杆。

船舷发出刺啦刺啦的声音，十分刺耳。之后，一切安静了下来。

黑色的洞把我和马林号吞了进去。

6/玻璃贝

眼睛逐渐适应了周围的黑暗，我发现这个洞比想象中更宽敞，更深邃。

原来如此，这里肯定就是龙口洞！

这里的水流很平缓，风丝毫吹不进来。黑青花老伯当时也一定是躲进了这里。

我低头一看，不禁吓了一跳。

"这是什么?!"

水面上到处泛着朦朦胧胧的青光。

那光随水流晃动，不停地摇曳。光点缓缓聚集，最后围住了我的船。

我定睛一看，周围的岩石上也都泛着青光，原来那些发光的生物紧紧附着在岩石表面，微光忽隐忽现。难怪整个洞穴看起来幽暗又神秘，原来是因为它们。

我试着用鱼竿捅了捅，那些发光生物有的掉落下来，有的粘在我的鱼竿上。水面上，成千上万的发光生物聚集在一起，像木筏一样漂浮着。

"是夜光虫吗？"

我努力在模糊的记忆中搜寻。黑青花老伯好像没和我提过这种东西，姑且当它们是吧。

我抛下船锚，夜光虫惊慌逃窜，乱作一团，四散而去。等水面恢复平静后，它们又慢慢聚在一起。

这些小东西真奇怪，不过好像没什么攻击性。

我先查看了船的情况。船舷上有些轻微的划痕，但并无大碍，只要重新刷一遍漆就行了。

我最担心的是刚才那阵猛烈的冲击对船造成的损害。既然水没渗进来，那就说明船身没被撞出洞，但如果船桨折了，就麻烦了。

以防万一，我手持探照灯，把绳子的一端系在身上，另一端拴在桅杆上，潜入水中。

在黏黏糊糊的水里，拨开夜光虫前行的感觉简直糟透了，但我只能忍耐。

我花了好长时间仔细观察船底。洞里光线昏暗，水十分混浊，我还中途多次爬上去换气，所以探查进展得并不顺利。

我在船头摸到了一条长长的划痕，还好不算深。马林号应该能挺过去。

我试着把探照灯转向旁边，只见岩石上粘着水苔一样的东西，它们随水流摆来摆去，看起来很恶心。

灯光一转，我看到岩石后面有几块白色的、圆圆的东西。

是玻璃贝吗？

我急忙抓住其中一块，把它从岩石上拽下来，然后浮上

水面。

它表面粗糙，呈螺旋状，壳像磨砂玻璃一样，是半透明的。它的外壳很厚，对它这个大小的贝壳来说，分量算是很沉的了。

没错，这就是玻璃贝。

我又潜入水中，想寻找更多的玻璃贝。打开探照灯，小鱼小虾之类的动物都一溜烟地逃走了。我发现了一个洞，往里一探，看到了两只发亮的红色眼睛——是长着毒牙的水蛇。我可要小心，不能惹恼它。

每次下潜我都尽可能多地采集玻璃贝，直到背包再也装不下了才浮上来。一把玻璃贝从背包里倒出来，我就立刻再潜下去。我知道稍微休息一下比较好，但我更想早点儿离开这里。

其实我不太喜欢潜入海里。虽然海猫的水性很好，但除非必要的时候，我不会潜入水中玩耍。

海猫岛的珊瑚捕手们大都穿着潜水服，背着气瓶工作。这样一来，不仅省去了上岸换气的时间，而且能潜入更深的地方。不过，我不爱穿潜水服。穿着潜水服太拘束了，所以故意没带来。

这里的海水让我浑身起鸡皮疙瘩。

我把采集到的玻璃贝都放进了船底的鱼槽里。马林号虽说不是捕鱼船，但船底也装有能放活鱼的鱼槽——虽然航行时很少用到，但这种时候就派上用场了。

把大量玻璃贝放进鱼槽，整条船会变得很重，虽然稳定性更好了，但回去的船速也慢了。

现在是夏天，水不是很凉，但在水里潜了好几个小时，我还是身体冻得僵硬，疲惫不堪。

我在洞穴的墙壁上找到了一块凸起的岩石，爬了上去。稍事休息后，我从马林号的船舱里搬来了做饭用的火炉，生火烘干了身体，还做了热乎乎的饭菜。

我不知道自己为什么要离开马林号，在不熟悉的地方，

我一向很少离开船。也许是因为采到了玻璃贝，我放松了一些吧。

我往锅里扔了些米和鱼干，还有一些杂七杂八的东西，做成一锅大杂烩，吃了下去。吃完饭，身体总算暖和起来了。

我感到很困，虽然不知道时间，但我猜测现在已经是晚上了。

我必须尽快离开这里。可是，出去太耗费体力，而我已经筋疲力尽了。

风止，我已经采到了你要的玻璃贝，接下来就只需要回去了。

我蹲下身，想熄灭炉火。

就在这时，那家伙出现了。

7/暗影猫魔

周围传来窸窸窣窣的声音，我觉察到一丝异样的气息。

一抬头，一大片青色的光晃得我眼花缭乱。夜光虫集体向洞穴深处涌去，像波浪一样。

洞穴深处漆黑一片，借着夜光虫发出的微光，我看到一个阴影。

我定睛望去，洞里的阴影突然变得更黑了，那团边缘模糊的阴影涌动着，变化着。

这是什么？

我一动不动地盯着那团阴影。

阴影忽而膨胀，忽而收缩，一会儿像海星，一会儿又像蘑菇。那团阴影突然升至洞顶，变成一只大猫的样子。

他身体一胀一缩，大口喘着粗气。突然，他睁开眼睛。

他漆黑的脸上有两个洞，洞里空空如也，那就是他的眼睛。我顿时感到毛骨悚然。

他似乎正用那双空洞的眼睛打量着我。

"喂。"

我抢先开口。

"啊——"

他张开嘴，用颤抖的声音低声回答。

他脚下，成群的夜光虫急促地闪着光。

说是脚，但其实他的下半身已经完全融于黑暗，根本看不出那是不是脚。这家伙不是猫，是猫魔。

"来得正好，我等你好久了。"猫魔又用颤抖的声音对我说，"我很久没看到客人了。你是谁？来我的海域干什么？"

"我叫珊瑚郎，来自海猫岛。"

我尽量放慢语速。因为一点儿都不了解对方，我打算先争取些时间。

"我是来采玻璃贝的，制作治疗嗜睡症的药必须用到玻璃贝。我并不是有意打扰你，明天一早，我就离开。"

"离开？"

猫魔大口喘着粗气。

"你觉得你还走得了吗？好不容易来了，就在这里好好休息吧。"

我十分疲倦，又累又困，一点儿都不想和这个怪物交谈。

"你认识一只叫黑青花的海猫吗？他以前是不是也来过这里？"我换了个话题。

"哎呀，我这里来过很多客人，我不可能一一记得。"

猫魔的声音就像混浊的水，滑溜溜地从岩石上流过。

"不过，我会数骨头，一块、两块、三块，我每天晚上都会数，一块不落地全部检查一遍。"

猫魔拖着身子，稍微往前移了移，散发出一股潮湿的霉味。从他身上抖落下来的夜光虫惊慌地往上爬。

我很想逃走，但根本无处可逃。我知道，现在败下阵来就完了。

"你肚子饿吗？"

我拿起一条鱼干，在火上烤了烤，给猫魔看。

"可好吃了。到这边来。"

猫魔的身体里嗖地窜出一条影子般的手臂，朝我伸来。那条手臂在离我很近的地方停了下来，好像有些犹豫。

原来如此，看来这家伙怕火啊。

"来呀，别客气。"

我把鱼干扔给猫魔。他抓住鱼干后，迅速把手臂缩了回去。

黑暗中回荡着吧唧吧唧的咀嚼声，听得我汗毛倒竖。

"还不错。"

吃完，猫魔意犹未尽地用舌头舔了舔嘴唇。

"还有吗？"

我把所有食物一样接一样地扔给他。猫魔很快就把它们都吃完了。

"真不错啊。"

猫魔拖着巨大的身躯，又缓缓向前一步。

适可而止吧，猫魔。这种游戏可不能一直玩下去。

"还有吗？"

"没有了，就这些了。"

我盯着猫魔的那双空洞的眼睛回答道。我感觉那双眼睛好像要把我吸进去似的，因此我的视线半刻都不敢挪开。

"是吗？那可太遗憾了。"

猫魔又前进一步。

"那接下来就吃你吧！"

嗖的一声，猫魔的手臂伸了过来。他虽然身材魁梧，但手臂比较细。我可以清楚地看到他的爪子瘦骨嶙峋，像鸟爪一样。

"别吃我啊，我可不好吃。我可能还有毒。"

我假装绝望地说道，心想，这家伙终于原形毕露了。

猫魔笑得前仰后合。他一笑，轮廓就会变模糊，看上去体形又大了一圈。

只要炉子里有火，猫魔就不敢再更近一步。但是，炉子里的燃油已经所剩无几了，而所有燃油都放在马林号的船舱里。

我轻轻地把刀挪到身侧，用余光瞅着马林号，估算着到那里的距离。

炉火摇曳，猫魔仿佛被吓住了，他伸过来的手臂稍微往下放了放。

"好，还剩最后的美餐！"

看准时机，我立刻抓起烧得正旺的火炉，用力朝猫魔扔去。

啪的一声，火炉砸到猫魔身体正中央，火焰喷了出来，把周围都照亮了。

猫魔的身体越胀越大，整个洞穴都快要被他填满了。就在我担心自己会不会被挤扁时，嗖的一声，猫魔的身体像泄了气的皮球似的，冒出很多白烟。随后，身体越变越小。

猫魔的身体轮廓慢慢地模糊起来，他一点点地缩小，随后变得像蘑菇，像海星，最后变成形状不明的一团阴影，不一会儿就融进黑暗里，消失了。

我深深地呼了一口气，这才发现自己冒了一身冷汗。我呆呆地立在原地，久久不能动弹。

不知不觉间，之前那种奇怪的气息也消失了。大群夜光虫聚集在一起，像木筏一样静静地漂浮在水面上，它们发出的光忽隐忽现。

不远处，被油熏黑的火炉躺在地上。它只是被我摔瘪了，

看起来还能用。我捡起火炉，返回马林号，钻进了船舱。

黑青花老伯啊，你说自己运气好，大概是指在遇到猫魔之前就逃出去了吧。

我把惯用的小刀放在一边，裹紧毛毯睡着了。船被夜光虫发出的青光包围着。我一夜无梦，一觉睡到天亮。

8/陷阱

白雾从洞口蔓延进来。

昨晚的夜光虫不知去向，现在一只都看不到了。

我把马林号的锚拔上来，然后解开拴着船的缆绳。

航海罗盘失灵了，所有仪表的指针都指向零。我试着调低了警报器的警报临界值，但它依旧默不作声，这种情况我还是头一回遇到。不知道周围是真的安全，还是警报器坏了。接二连三发生的意外让我十分不安。

由于太阳能电池的功率大幅下降，我费了好大劲才把船开出洞穴。

真是太糟糕了。船底装满了玻璃贝，整条船十分沉重，辅助引擎还无法使用。

"喂，我们要回去了。你也调整一下心情。"

我轻轻拍了拍马林号的船舷，不祥的预感始终没有消失。

马林号和平时很不一样，不仅出了些故障，而且开起来也不顺手，仿佛变成了另一条船。

"回去以后，我马上把你修好。马林号，再坚持一下啊！"

要说不同，面前的大海也和昨天的完全不一样。虽然海水流速依旧很快，但我已经看不见可怕的漩涡了。风也收敛了些。

马林号终于行驶到距离龙口洞很远的地方，我赶忙撑起船帆。

天空澄澈明亮，周围却是一片死寂。该怎么形容呢，就仿佛置身于一口巨大的锅里。

马林号劈开波浪，快速前进。虽然行驶时依然要注意避开礁石和小小的漩涡，不过今天比昨天顺利多了。绕过小岛后，我就看到了对面的光头石。看来，马林号很快就能驶出这片魔鬼海域了。

我应当想到，眼前的平静过于反常。

然而当时，我一心只想尽快离开绮罗海，却忘了绮罗海随时都会变脸。这正是从古至今，所有水手最害怕的一点。

突然，咣当一声，马林号被海浪强大的力量拽走。

我大意了，表面上的风平浪静只是绮罗海的伪装，危险正等着我。

"是陷阱吗?!"

我赶忙扑向舵。原本风平浪静的海面瞬间变得面目可憎，巨大的漩涡接二连三地出现。一个、两个、三个……船的前后都有。

"船往顺时针转的漩涡开，别往逆时针转的漩涡开。"

我想起黑青花老伯的话，哪个漩涡是顺时针转的? 哪个是逆时针转的?

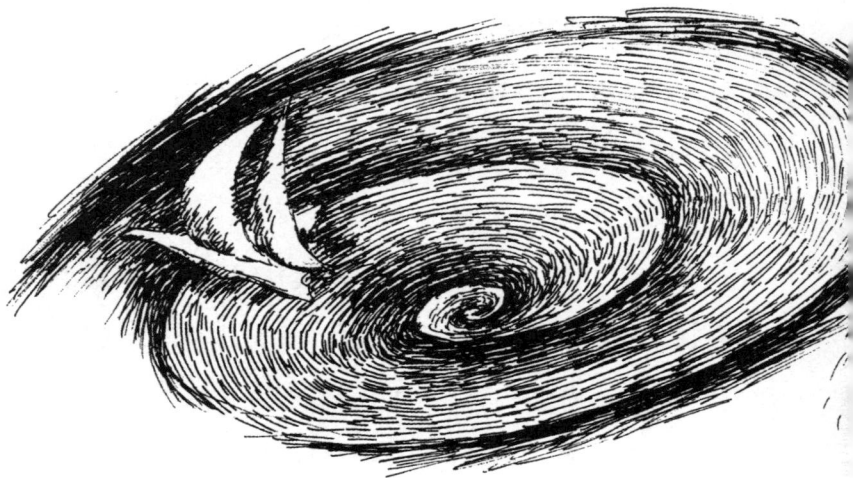

水有多深？我看不见。漩涡方向也无法判断。

冷静，要冷静。

马林号被猛地拽了一下。仿佛有一双无形的大手抓住了它，想把它拽进漩涡里。我咬紧牙关，把住船舵，挣脱了那双手。

此刻，海面上到处都是巨大的黑色漩涡。看来，绮罗海这是不打算放我走了？开什么玩笑！

又有一双无形的手从海浪间伸了出来。我好不容易躲开这双，紧接着又来了一双。

这样下去不是办法啊。船太重了，珊瑚郎，把玻璃贝扔掉吧。

大风不停地呼啸，像极了猫魔的喘息。

"你觉得你还走得了吗？"

马林号嘎吱作响，好似在发出哀号。船身大幅度倾斜，紧接着就被拉进了漩涡。

整条船处于失控的状态。为什么停不下来？马林号，求求你，快听我的号令啊！

海浪从侧面涌来，我被掀倒在甲板上。在剧烈的晃动中，我一下子撞上了桅杆。

抬头望去，船帆鼓鼓的，好像随时都会被狂风撕碎，船帆中央突然出现了一个巨大的阴影。

"是猫魔！"

猫魔瞬间睁开他那双空洞的眼睛，低头俯视着我，笑了起来。

"你就是这么报答我的款待的吗？"

我怒吼道。

桅杆被猫魔拽得晃晃悠悠的，船也忽左忽右地剧烈晃动。

这家伙打算把船掀翻！

没时间再多想，我一把抓起刀，狠狠地砍断了帆索。

船帆连同猫魔都被大风吹走了。与此同时，绷紧的帆索一下子弹了回来，直接把我甩进了海里。

我落入海中，又立即浮出水面。马林号倾斜的船体如乌云压顶。

失去支撑的桅杆晃晃悠悠地摇摆，如同电影里的慢镜头，接着缓缓倾倒，向我砸来。

这是我记忆中在绮罗海看到的最后一幕。

9/声之波

你听说过声之波吗？那是一种海猫族特有的通信方式。

海猫族的船上一般有两种通信方式，一种是无线电，另一种就是声之波。

使用声之波时，不需要借助任何工具，只要在心中反复默念，想说的话就会变成声波，传到很远的地方。要怎么解释呢，可能就像心灵感应一样。

声之波和无线电不同，不是所有海猫都能接收到。不仅如此，声之波还被禁止随便使用，除非发生了紧急情况。声之波和贝之耳是配套的，只用其中一种并不会成功。也就是说，发送方和接收方必须心有灵犀。

现在，我在大海里漂着，只能使用声之波发消息。我闭上双眼，努力让自己的内心平静下来，集中注意力，在心中反复默念想说的话。

"无论谁接收到这条消息都行。要是谁能听到，请回答我。我是珊瑚郎，我有事相求。请帮我找到桅杆折断的马林号，然后把它带回海猫岛。要是船上的货物完好无损，请帮我立刻转交给岛上的风止医生。"

要是完好无损的话……

风止，我没帮上忙，对不起。我在这里……我也不知道这里具体是哪里。

看来，绮罗海放了我一马。等我恢复意识的时候，那颜色如同毒药的青色海水已经消失了，我现在漂在温暖平静的海浪里。

猫魔那家伙去哪里了？我迷迷糊糊地思考着。我还想起

了我的马林号，我再也见不到我的马林号了，它可是我最重要的宝贝。失去它，我感觉心里仿佛被挖了个洞。

睁开双眼，我看到了浩瀚的星空。我才知道原来大海里也有星星，一闪一闪，若隐若现。星星如同细沙般，一边闪烁，一边不时地触碰我的脸、手和脚。

哗啦——哗啦——

我认真倾听大海的声音。那声音是来自深深的海底的召唤，好像在唱歌，又好像在安慰我，这久违的声音啊。

来吧，那声音对我说。

来吧，来吧，回来吧……

我翻了个身，把身体蜷缩成一团，然后在繁星的簇拥下沉了下去。

我朝着那呼唤我的声音沉去。

10/米莉

我做了一个很长的梦。在梦里，我看见了尘土飞扬的小路、铁路和公路相交的道口、秋千，还有嘀嗒摆动的大挂钟……

梦里，到处都是走廊和楼梯，梦境与梦境相连，无休无止。

要不是有人走近我，把我从梦里拽出来，可能我会一直深陷其中。

"喂，你怎么了？"

有人晃动我的身体。

"喂，你还活着吗？"

"还活着。"

我很想回应，但喉咙又干又痛，说不出话来。

别晃我了，脑袋都要裂了，好疼。

我终于睁开了眼睛，但阳光太刺眼了，一时间，我眼前一片空白。

"你还活着，对吧？"

声音越来越近。

我看到了湛蓝的天空，紧接着又看到一张脸。这张脸上满是担心，忽闪忽闪的黑色大眼睛盯着我，随即弯了起来。

"太好了。你刚刚一动不动，我还以为你死了呢。"

我挣扎着想起身，但身体好像已经僵硬得动不了了。

"啊，别逞强，你先睡会儿吧。"

我感到柔软的小手轻轻抚摸着我的头。

远处传来海浪的声音。

我好像睡在一片沙滩上。有个小女孩跪在我身边，注视着我的脸。

那是一个人类女孩。

"你没事吧？哪里疼吗？"女孩低声询问道。

我缓缓摇了摇头。

"能给我拿点儿水吗？"

我几乎发不出任何声音，但女孩似乎明白了我的意思。

"水？你是要喝水吗？我去拿，你等着啊。"

女孩唰地一下站了起来。她一身短袖短裤，打扮得像男孩一样。她很瘦弱，从袖口与裤腿露出来的皮肤看起来饱经风吹日晒。

"在这儿等着，不要动哟。"

女孩的沙滩凉鞋踩在沙子上，发出啪嗒啪嗒的声音。声音越来越远，最后消失不见了。

这里是哪儿？

我竭尽全力，总算抬起了头。

沙滩对面是辽阔又宁静的大海。晨光下，海面闪闪发亮，沙滩上停着三条手划船。

噢，原来现在是早上了啊。

一只海鸥从远处滑翔而来，在我身体上方扇着翅膀，仿佛在跟我打招呼。

这里好像是个小海湾，我恍恍惚惚地想着。

沙子又白又细，其中夹杂着很多贝壳的碎片。不远处的海蚀崖上长了棵松树，树枝弯曲的弧度似曾相识。

为什么这里有种熟悉的感觉？

不对，这里不是海猫岛，而是座陌生的小岛。

我强撑着坐起来，感觉自己仿佛被从沙滩上撕下来了一样。我试着转身，剧烈的疼痛使我忍不住呻吟了一声。我的左腿动不了了。

"这下麻烦了。"

我尝试着开口说话，又看了看自己身上其他地方，所幸，其余的只是一些擦伤和淤青。

啪嗒啪嗒的脚步声又回来了。

"哎呀，我都说了不让你动了。"

女孩气喘吁吁地跑过来，在我身边坐下。

"来，给你水，慢慢喝。"

她递过来一个红色的水壶，我把里面的水一点点倒进嘴里，咽了下去。甘甜的水滋润着我干得冒火的喉咙，我强忍住想要一口气喝光的冲动。

"你还好吗？"

"还好，谢谢。"

我朝女孩笑了笑，她笑得更灿烂了。

"你能说话真是太好了，你的伤势如何？"

"腿受伤了，左腿。我感觉应该没断，但动不了。"

"要不要我叫个大人过来？"

女孩皱起眉头，仿佛是她自己的腿在疼。

"不，现在不用。我想先休息一下。"

"好的。"

女孩抱膝坐在我身边。

"你叫什么名字？"

我问女孩。

"我？关口美里。不过，大家都叫我米莉。"

"米莉啊，我叫珊瑚郎。"

"我知道。"

米莉点了点头。

"你怎么会知道？"

我吃惊地反问道。

"你之前不是一直在喊我吗？"

"喊你？我吗？"

"是啊，你喊了一遍又一遍。虽然有些话我听得不太清楚，但我听到你说你叫珊瑚郎，还有马林号如何如何。"

米莉拨开挡在脸前的头发。

"听到你的呼唤，我一下就醒了，十分担心，就悄悄跑过来看看，于是就看到了你。"

我唤醒了她？

我一点点想起来了。绮罗海、马林号，还有声之波。

声之波的信号传到这个人类小女孩这里了？这么说来，这个小女孩拥有贝之耳？但她只是个普通的人类小女孩，并不是海猫。

"我住在那家酒店里，和爸爸一起。"

米莉抬手指向身后的建筑物。

"就是那家马林酒店，我现在正在放暑假。"

我回头看向那栋建筑。那是一栋白色的大型建筑，好像刚建成没几年。

确实眼熟，虽然我也不明缘由，但我知道那家酒店。

11/记忆

我有太多事情需要思考。

这片沙滩好像与马林酒店的院子连通，很快就会有人出来。我想找一个可以安心休息的地方。

"我觉得那里不错。"

米莉指着隐在树荫里的小房子，说道。

"那是昨天我一个人探险时发现的，好像是个仓库，里面是空的。不过，你能走过去吗？"

这就是另一个难题了。我拜托米莉帮我找一个能充当拐杖的东西，她四处搜罗，找来棒子、树枝、旗杆，可它们不是太细就是太短，都不能用。

“可这里只有这些东西啊。”

米莉噘着嘴。最后，她不知从哪里拖来一根断掉的船桨。

我把船桨当作拐杖，想拄着它站起来，可这比想象中难多了。

我扶着米莉的手，好不容易才站了起来。站起来的一瞬间，我感到一阵晕眩，左脚稍一用力就钻心的痛。

“啊，你看上去十分痛苦，要不去医院吧？”

米莉眉头紧锁，担心地说道。我摇了摇头。

“我讨厌医院，说什么也不去。”

“奇怪，你怎么和爸爸一样。”

米莉惊讶地说道。

“爸爸也讨厌去医院，所以总是买回来很多药，自己服用。”

“我也讨厌药。”

“真是太奇怪了。”

我拄着拐杖，勉力行走，中间休息了好几次，花了很长时间才穿过沙滩，来到那座小房子前。米莉紧紧地跟在我身旁，一路叽叽喳喳说个不停。

我的左脚太疼了，听她说话还能分散注意力，倒是不错。

米莉说，她爸爸是作家。

"原本到了暑假，爸爸该和我一起游泳，一起划船的。可是，他的工作还剩好多没完成。"

米莉用脚尖踢着沙子，说最后一句时，特意加重了语气。

"所以，爸爸就把我带这儿来了，他总是在酒店的房间里工作到半夜三更，然后喝点儿酒，一直睡到第二天中午。他昼伏夜出，简直像猫头鹰一样。"

米莉的比喻太有趣了，我忍不住笑了出来。

"直到昨天，舅舅也住到这里来了。舅舅是设计这家酒店的设计师。我表哥也来了，在我看来他已经算是个大人了。珊瑚郎，你有表哥吗？"

"没有。"

"舅舅呢？"

"也没有。"

"真奇怪。"

我本想向米莉再详细打听一下贝之耳的情况。但是，挂着拐杖走路很费力，我累得气喘吁吁，说不出话来。

"我妈妈现在在北海道，外婆病情恶化，妈妈前去看望她。所以现在，我就一个人想干什么就干什么。玩游戏、散步、在酒店游泳池里游泳……但我还要完成各种作业。"

"原来如此。"

米莉发现的这座小房子位于树丛深处，远离道路。它虽然已经相当老旧，还有些倾斜，但至少可以遮风挡雨，而且不容易被人发现。

门上挂着一把大锁，但钉锁扣的钉子被海风吹得锈迹斑斑。米莉一拽，锁和锁扣全都掉了下来。房间里存放着陈旧的绳索和渔网。虽然房间里没有窗户，但阳光从墙的缝隙里照进来，形成一道道金色的光柱。

这里我也有印象。这是为什么呢？

"怎么了？"

米莉问道。

"我总感觉好像来过这里，很久以前。"

"那你来过吗？"

"没有。"

"噢。"

米莉认真端详着我的脸。

"这该不会是你前世的记忆吧？"

"什么是前世的记忆？"

"就是还记得自己出生之前的事。我也不太清楚，但是爸爸的书里写过。"

原来如此。也许是吧。

米莉说她还会再来的，然后就回酒店去了。她走之后，我躺下睡了一会儿，断断续续地做了个短暂的梦。

接下来怎么办呢？

我睁开眼睛，望着射进来的金色光柱，陷入了沉思。

在这条腿康复之前，我暂时不能走远。接下来我该怎么办呢？

要想回到海猫岛，必须想办法再弄来一条船。米莉虽然会帮忙，但她毕竟只是个小女孩，能弄到船吗？而且还是一条像马林号一样可靠的船？

此时，我身处一片陌生的海滩。我似乎来到一个遥远的地方，但好像又是从遥远的地方回来了。这种感觉，和我每次旅行归来，抵达海猫岛港口时的一模一样。这到底是怎么回事？

前世的记忆吗？传说海猫有九条命，但我根本不相信。

突然，一阵轻轻的敲门声响起，是米莉回来了，她还抱着一个鼓鼓的大纸袋。

"对不起，我来晚了。"

米莉呼哧呼哧地大口喘着气，一下子溜进屋里，把纸袋放到地上。

"这些是早餐。早餐还是要吃的，吃完才有精神嘛。"

米莉把面包、火腿和鸡蛋从袋子里拿出来，摆在地上。

"我还带了水和水果，这是毛巾。你还需要些什么？"

"足够了，谢谢。"

我感觉已经很久没吃过像样的东西了。从被卷进绮罗海到现在，我都不知道过了多久。

"这里是什么地方？"

我问米莉。

"这里吗？花岬。啊，具体地址我也不知道，不过问一问酒店的人就行了。"

花岬？恍惚间，我好像马上就要想起什么了，但最后还是什么也没想起来。

"对了，我可以问你几个问题吗？"米莉说道，"和我说说，你是从哪里来的？"

"海猫岛。"

"海猫岛在哪里？"

我摇了摇头。我感觉海猫岛应该在这座岛的南面，至于离这里多远，我完全不清楚。

"你是开船来的？"

"是的。"

我只和她讲了个大概，因为长时间说话对现在的我来说，实在是太累了，并且有些细节也不方便跟小孩讲。

米莉瞪大了眼睛，兴味盎然地听我讲述去绮罗海采玻璃贝，以及从船上掉下来的经过。

"还好没被鲨鱼吃掉。"

听完后，米莉长舒一口气。

"鲨鱼？"

"爸爸的书里写过，有人曾被鲨鱼咬掉一条腿，特别吓人。我特别讨厌鲨鱼。"

"你爸爸在写这种书吗？"

"是啊，还有幽灵什么的，他尽写些奇奇怪怪的东西。"

米莉皱了皱眉头，不过很快又恢复了一脸认真的表情。

"所以，珊瑚郎，"米莉斟酌着开口，"你想把马林号叫到这里来吗？"

　　"不……"

　　我移开视线。我之前的确考虑过，但这根本不可能。马林号连桅杆都折断了，不可能平安无事，我还是忘了它吧。

　　我的马林号啊，我肯定再也得不到像马林号那样的船了。

　　在造船厂第一次见到刚组装了一半的马林号时，我就知道，它注定是我的船。多亏了马林号，我才能走到今天。我永远无法忘记它，它就像我的一条腿一样。

　　"对不起，我说了不该说的话。"

　　看到我沉默不语，米莉不安地小声说道。

　　"不，没关系。"

　　我摇了摇头。

　　"不好意思，能让我一个人待会儿吗？我想再睡一觉。"

　　"好啊，我一会儿再过来。爸爸也差不多要醒了。"

　　米莉精神抖擞地站了起来，走到门口，回头问道：

"对了，我可以把刚才听到的故事写进日记里吗？"

"不行。"

我故意摆出一副严肃的表情。米莉咯咯地笑着，跑到了阳光明媚的屋外，踩着沙滩凉鞋，啪嗒啪嗒地跑远了。

真是的，那孩子到底在想些什么？

那天晚上，等到夜深人静时，我来到海边。这里仿佛一伸手就能触碰到星空，远处传来阵阵虫鸣。

马林酒店还有几个窗口亮着灯，整家酒店看上去如同一艘停靠在港口的白色巨轮。

我坐在沙滩上，闭上眼睛，用声之波发出消息。

我努力让自己平静下来，集中注意力，用心组织语言。

传过去，传过去，一定要传过去啊！

我在心里反复默念。

12／第二日

第二天一早，米莉又抱着各种食物来了。她一看到我，就立刻小声问道：

"有回信吗？"

听她这么问，我就知道米莉听到了我的声之波。

"还没呢。"

我回答道。

"可能是太远了吧。而且都怪这只脚，伤痛使我不能高度集中注意力。"

信号传不到海猫岛上吗？居然隔了这么远啊。

脚上的疼痛略有所解，但我依然要拄着拐杖才能勉强行走。还好我身上带着小刀，我用小刀把船桨削成了一根简易的腋下拐杖。

"这样啊，但是你千万不要灰心。"

米莉安慰我后，抱膝坐了下来。

"我也试过，但是我根本不会发送，信号好像没发出去。"

"你也试过？你是说声之波？"

"啊，原来那个叫声之波呀，"

米莉平淡地回应道。

"米莉，你说过之前也听到过那个声音，对吧？"

米莉轻轻点了点头。

"你会发送信号吗？"

"刚才不是说了嘛，我根本不知道怎么发送。之前只是想随便尝试一下。虽然把想说的话串成了锁链形状的东西，但根本不知道该朝哪个方向发送。"

"那是声链。形成声链就可以了，慢慢放开它，别用力，就像把它轻轻放在水面上一样。之后，它就自己飘走了。"我向米莉解释道。

米莉竟然会用声之波，我很惊讶。

即使是海猫，能够自如地使用这种通信方式的也是极少数，还需要经过练习。我也是练了好几个月才完全掌握。一个人类女孩竟然无师自通，掌握了声之波的使用方法，简直难以相信。

"你之前还使用过这种通信方法吗？"

米莉用手指绕着头发，思考了一会儿。

"有些夜晚，我倒是听到过。但我听不懂其中的含义。那些声音有的像坏掉的收音机里传来的电流声，有的像说外语的声音。我第一次听懂了的就是你发来的消息了。"

"除了你之外，还有别人有这种能力吗？"

"应该没有了。不过，我也从来没和别人说过，甚至对爸爸妈妈都保密。"

真是不可思议，我还是第一次见到这种小孩。

米莉目不转睛地看着我的眼睛，轻声说道：

"不要放弃，再试试看。"

当天，米莉行色匆匆地往返于酒店和小屋之间，给我拿来了很多东西。罐头、药膏、草帽、印着夸张海豚图案的衬衫……有些东西实在派不上用场，但我也没说。

"你给我拿来这么多东西，不要紧吗？"

"没关系，我爸爸一向不管我，还会给我很多零用钱。"

米莉还拿来了鱼线和鱼钩，只有这两样东西是我拜托她找的。

　　"这家酒店真是要什么有什么。我和他们说我爸爸要钓鱼，他们还问我要钓什么鱼。"

　　米莉说这话时，看上去很滑稽。

　　"我随口一说，钓鲷鱼和金枪鱼。不过，你为什么不需要鱼竿呢？"

　　"我有鱼竿。"

　　鱼竿是我在小屋最里面找到的。虽然不是很好用，但也足够了。

　　我想，它应该是之前住在小屋里的人放在这里的。不知为何，我好像对屋里东西的摆放位置了如指掌。

　　白天，沙滩上立着一把把五颜六色的遮阳伞，酒店里的客人们纷纷出来游泳、晒太阳。我和米莉穿过树丛，来到远离人群的礁石旁钓鱼。

　　这片海滩真不错，海水很清澈，鱼也不少。要是我的腿没受伤，还可以捡贝壳。附近还有一片区域被建造成小码头，这里很适合海猫居住。

面前的场景我好像也在哪里见过。这座小码头似乎在酒店建成之前很久就在这里了。

这也是前世的记忆吗？

我教米莉钓鱼，她很快就掌握了要领，钓到了一条小鱼。我还教她如何把鱼制成鱼干。然后，我们收集了一些枯树枝，生火烤鱼吃。

"珊瑚郎，你会的可真多啊。"

对米莉来说,这些事情似乎很新奇,毕竟她是城里的孩子。

"珊瑚郎,这些可以写进日记里吗？只有烤鱼的事。"

米莉抓着烤焦的鱼尾巴，兴奋地说道。

13/金色海浪

第三天早上，米莉很早就来找我了。

"啊，原来你在这里。我去小屋找你没找到，还以为出什么事了呢。"

米莉从后面走过来，和我并肩坐在沙滩上，她双手抱膝，下巴贴在膝盖上。

黎明时分的大海很安静。天空、浪花都闪烁着光芒，缓缓地变换着颜色。淡紫色、蓝色、玫红色……突然，云幕拉开，太阳露出了脸，整个海面上好似洒满了金色的碎片。

黎明是我最喜欢的时间。

"珊瑚郎，你昨晚没睡着吗？"

"是啊，有点儿失眠，我在想事情。"

昨天晚上，我在这里听到了米莉发送的声之波信号。米莉发送的声链很细，还不太牢固，好像随时都会断掉，但它并没有中途停下，最后消失在漆黑的大海的另一边。它消失后，我仍然一直坐在这里，但始终没等来回信。

你怎么了，珊瑚郎？你现在这么软弱，一点儿都不像你。

我试着给自己打气，但我的心就像漂在平静无风的海面上的船的船帆一样，耷拉在那里，一动不动。

没办法，就是会遇到这样的时候。

"今天我得回去了，回自己家。"

米莉默不作声地用手指在沙子上划着，突然开口说道。

"我求过爸爸，说我想待在这里。可他的工作做完了，妈妈也要从北海道回来了。而且我暑假也快结束了，不得不回去了。"

"这样啊。"

我差点儿忘了，米莉只是来这家海边酒店玩几天。现在，她必须回家了，这是理所当然的。

"爸爸已经买好了车票，两点半从花岬站出发，马林号特快列车，列车的名字和你的船一样。"

说完，米莉担心地看着我。

"我不在，你自己可以吗？"

"没问题。"

我笑着回答。

"多亏有你，我才撑过了最难的时候。现在，我能钓鱼，腿也在慢慢好起来，不用担心。"

"好吧。"

米莉微微点了点头，从口袋里拿出一张叠好的纸，递给我。

"这是我家的地址和电话。你如果遇到什么困难，可以给我打电话。"

"不需要电话。你忘了吗？我们可以用声之波。"

"啊！没错！"

米莉啪地拍了下手。

"我怎么忘了？没错，我们可以用声之波！从这里到我家，坐电车只需四个小时，不远，信号一定能传到。"

"除非有重要的事，其他情况别乱用。"

"哎呀，我知道啦。"

白云被阳光镀上金边，渐渐变得耀眼起来。米莉走到海边，用脚哗啦哗啦地拍着海浪。

"珊瑚郎，我可以问你个问题吗？"

米莉又踱回来，问道。

"什么问题？"

"你像我这么大的时候，有没有想过，长大后想做什么？"

"小时候吗？"

是啊，我也有小时候，我都忘记了。

"我一直很喜欢大海，所以从小就想当一名水手。"

"所以你现在成了一名水手？"

"没错。"

"你觉得，只要一直相信自己，就能实现梦想吗？"

"不是所有人都是这样。因人而异，也要看运气。"

"那你为什么不想从事别的职业？例如医生、面包师、作家之类的？"

"因为我不想。"

"嗯？"

米莉用手指绕着头发，若有所思。

"怎么了？这是假期作业里的问题吗？"

"不是。"

我从沙子里捡起一颗小石子，朝着海里扔去。

"米莉，你想成为什么？"

"我啊……你先保证不嘲笑我，我再告诉你。"

说完，米莉便咯咯地笑了起来，然后看向我。

"我想变成一只鸟。"

"鸟？"

"是的。变成一只鸟，翱翔天际。"

米莉站起来，挥舞着双臂，做出鸟儿振翅的动作。

"珊瑚郎，你体验过飞的感觉吗？我总是在梦里飞，飞的时候心情特别舒畅。我就这样一直飞，飞到很远很远的地方。"

米莉张开双臂，模仿鸟的翅膀，在沙滩上奔跑。我默默地看着她。

金色的潮水涌来，耳边只有海浪的声音。沙滩上的脚印被海浪冲刷成奇形怪状的图案，闪闪发亮。

只要相信自己，愿望就一定会实现吗？

说不定米莉就这样跑着跑着，用力一蹬潮湿的沙滩，然后使劲儿一跃，就真的会变成鸟，一只在海浪上方拍打着翅膀、翩翩起舞的小鸟。

我看到已经跑远的米莉突然停下脚步，站在那里，仿佛遇到了什么阻碍。然后，她猛地转身，甚至都忘记模仿鸟振翅的样子，径直朝我跑了过来。

"珊瑚郎！"

米莉把双手举过头顶，一边朝我挥舞，一边大喊道。

"珊瑚郎，船来了！"

"你说什么？"

"船来了！从那边驶过来了！"

我看向大海，却什么也看不见，这是怎么回事？

"真的，船来了！马上就到了，我都听到了！"

米莉指向远处，然后一下子跪在沙滩上，好像要栽倒在地似的。

一条大船忽然从金色的波涛中驶出。

那条船在风中扬起白帆，正朝这边驶来。船越来越近，船帆正中央印的标志，以及立在船头的长着翅膀的猫女神雕像，都是我再熟悉不过的。

是海猫族的船！

我能看到船上有好几个正在忙碌的身影。船头慢慢掉转方向，然后船舷朝向我，停了下来。水手抛下船锚，溅起了巨大的水花。

一位水手把涂着蓝色油漆的手划船从甲板上卸下来，然后顺着绳梯滑下，纵身一跃，跳到手划船上，朝着沙滩划过来。

米莉呆呆地大张着嘴，瞪大了眼睛，注视着大船。

"那是什么？是海猫族的船吗？"

米莉戳了戳我，小声问道。

“是啊。”

船身上刻着用海猫文写的船名，即使不看名字，我也能认出这条船，它在海猫岛上独一无二。

“那是旗鱼船长的海龟号，一条捕鱼船。”

米莉目不转睛地盯着海龟号。这条船有着低矮的黑色船身，难看的桅杆，以及奇形怪状的船帆。看了一会儿，米莉叹了口气，感慨道：

“好奇怪的船！”

这话要是被旗鱼船长听到，他一定会很失望的，海龟号可是他的宝贝，容不得别人品头论足。

手划船缓缓靠近，船上好像有一位年轻的水手正踮着脚，朝我们招手。

“喂，珊瑚郎大哥！”

是鱿鱼丸。他把船停靠在浅滩，蹚着海水，啪嗒啪嗒地跑了过来。

“怎么是你小子呀。”

我忍不住笑了。

"是我怎么啦？珊瑚郎大哥你这么说，可就太过分啦。"

鱿鱼丸嘟囔道。

"马林号早已被白鲸号拉回海猫岛了，船上的货物也都完好无损。风止医生命令我把你带回去，立刻住院接受治疗。"

说完，鱿鱼丸摘下头上戴的帽子，贴在胸前，姿势夸张地朝我鞠了一躬。

"老大，你没事就好，我来接你回去了。"

"好奇怪。"

米莉吃惊地小声说。

确实净是些怪猫怪事，米莉，你千万不要写在日记里啊。

14/珊瑚鸟

浮标上的铃铛随着海浪的起伏叮当作响，已经枯萎的向日葵似乎在望向空无一人的码头。夏天结束了。

为了躲避灼热的阳光，我走进小镇的珊瑚店。

"哟，这不是珊瑚郎吗？"

珊瑚店里十分昏暗，大叔还和往常一样，坐在离门口很远的地方，戴着眼镜，打磨珊瑚工艺品。

"咦，你这条腿怎么了？"

我虽然已经不挂拐杖了，但走路时还是会轻微地一瘸一拐，大叔的目光停留在我的左腿上，关切地问道。

"啊，出了点儿状况，但我已经好得差不多了。"

我回答道。

"出状况？这可不像你能干出来的事啊。腿受伤了，就不能出海了。对了，我在码头附近怎么没看到你的船？"

"我把它送去维修了。"

造船厂的师傅把马林号彻底翻新了，他一边修理，一边唠叨，说我开得太鲁莽。他还说，太阳能电池里的电耗得一点儿都不剩，质问我是怎么开的船。不过，我并没有和他细说旅行中的具体情况。

我拜托师傅维修的时候，顺便帮我把底部的淤泥清除了，最后，我亲手给马林号涂上了新油漆。现在，马林号正停放在造船厂的台子上，等着再次和我一同出海，乘风破浪。

"我还有件事想拜托你呢，能小赚一笔。"大叔摘下眼镜，"可是，以你现在的状态，出海航行恐怕不行了吧？"

"你可以让其他水手干，有好多人都在找活儿干呢。今天，我是顾客。"

我看了看店里的玻璃柜台。铺着天鹅绒的柜台里陈列着各式各样的珊瑚工艺品，它们有的被雕刻成花朵形状，有的被打磨成船的形状，闪耀着不同颜色的光芒。如果把它们运到别的岛上去卖，一定能卖个好价钱。

柜台的正中央，摆放着那块我曾经见过的，颜色像紫罗兰一样的水晶珊瑚。

虽然这座岛上有好几家珊瑚工艺品店，但是能雕刻稀有水晶珊瑚的就只有这一家。

那只珊瑚鸟舒展着富有光泽的翅膀，圆圆的眼睛微微向上看，似乎立刻就要展翅高飞。它从头到尾都呈淡紫色，胸口则是浅浅的玫红色。虽然和其他工艺品相比，它做工略显粗糙，但反而看起来更加栩栩如生。

不过，这只珊瑚鸟上没贴价签。

"这只珊瑚鸟不卖吗？"

听我这么一问，大叔笑了笑，然后清了清嗓子。

　　"这块珊瑚成色不错吧？这个尺寸的珊瑚能有这么特别的颜色，可是很少见的，我想把它留作镇店之宝。不过，要是你非买不可，我也不是坚决不卖，只是价格得高点儿。"

　　"这些够吗？"

　　我抓了一把银币，放在大叔面前，他错愕地眨了眨眼睛。

　　"足够了，绰绰有余。吓了我一跳，你该不会是去当海盗了吧？"

　　"嗯，随你怎么说。"

　　我笑着回答。

　　风止给了我一笔钱作为运回玻璃贝的报酬，除去马林号的维修费，剩下的钱全都在这儿了。

药总算在最后关头赶制出来了，没有人因为嗜睡症丢了性命，风止院长的位置总算是保住了，可谓皆大欢喜。不过，这些对我来说都无所谓。

"我还是第一次看到你来买珊瑚。"

大叔打开玻璃柜台，轻轻地把珊瑚鸟捧了出来，略带惊讶地说道。

"有必要这么吃惊吗？我也有需要买东西的时候呀。"

"花光所有的银币买东西？这可不像你会做的事啊，该不会是送给女孩子的吧？"

"你猜对了。"

我抱起装着珊瑚鸟的小盒子，一边往店门口走，一边对大叔说道。

"喂，珊瑚郎，那个女孩子是哪里的？"

大叔惊讶又好奇的声音从身后传来。

"她啊，住在很远，很远的地方。"

我穿过小镇，闲逛了一会儿，回到港口，坐在栈桥上眺望大海。

小帆船和渔船陆陆续续地驶进港口。不一会儿，周围就热闹起来，不过没过多久就安静下来。一条条船收起帆，停靠在码头，就像正在沉睡的水鸟。

这些船是刚从远方归来，还是离开家乡，来到了这个遥远的地方呢？算了，不去想了，反正都差不多。

我打开小盒子，把水晶珊瑚鸟捧在手心，用手心的温度温暖它冰凉的身体。

我就这样握着珊瑚鸟，握了很久，直到傍晚来临，天边的云朵被夕阳染成和水晶珊瑚鸟一样的颜色。

"展翅高飞吧！"

我摊开手掌，抬起手臂，把小鸟高高向上举起，小鸟便飞上了天空。

它扇动着小小的翅膀，迎着风，朝着天边的晚霞飞去。

"珊瑚郎，你体验过飞的感觉吗？我总是在梦里飞，飞的时候心情特别舒畅。"

没关系，小鸟很清楚它该飞向哪里。它会飞越大海，飞越城镇，飞到连声之波都抵达不了的远方。

这只小鸟一定会到达。

只要坚定信念，梦想总有一天会实现的。

目送着消失在天际的小鸟，我露出了笑容。

Kuroneko Sangorô 2 – Kirara no Umi e

Text copyright © 1994 by Fumiko Takeshita

Illustrations copyright © 1994 by Mamoru Suzuki

First published in Japan in 1994 by KAISEI-SHA Publishing Co., Ltd., Tokyo

Simplified Chinese translation rights arranged with KAISEI-SHA Publishing Co., Ltd.

through Japan Foreign-Rights Centre/Bardon Chinese Creative Agency Limited

Simplified Chinese translation copyright © 2023 by Beijing Science and Technology Publishing Co., Ltd.

著作权合同登记号 图字：01-2023-2360

图书在版编目（CIP）数据

穿越绮罗海 / (日) 竹下文子著；(日) 铃木守绘；王俊天译. —北京：北京科学技术出版社，2023.9（2024.10 重印）（海猫的旅程 ；2）

ISBN 978-7-5714-3142-6

Ⅰ. ①穿… Ⅱ. ①竹… ②铃… ③王… Ⅲ. ①儿童小说－长篇小说－日本－现代 Ⅳ. ① I313.84

中国国家版本馆 CIP 数据核字（2023）第 130405 号

策划编辑：石 婧 韩贞烈		电 话：0086-10-66135495（总编室）	
责任编辑：王 筝		0086-10-66113227（发行部）	
责任校对：贾 荣		网 址：www.bkydw.cn	
图文制作：沈学成 杨严严		印 刷：北京盛通印刷股份有限公司	
责任印制：张 良		开 本：880 mm × 1230 mm 1/32	
出 版 人：曾庆宇		字 数：57 千字	
出版发行：北京科学技术出版社		印 张：4	
社 址：北京西直门南大街 16 号		版 次：2023 年 9 月第 1 版	
邮政编码：100035		印 次：2024 年 10 月第 4 次印刷	
ISBN 978-7-5714-3142-6			

定 价：35.00 元

竹下文子

作品《最接近月亮的夜晚》获日本童话会奖，《星星和小号》获第十七届野间儿童文艺推荐作品奖，《路路的草帽》获日本绘本奖，"海猫的旅程"系列获路旁之石文学奖。其他作品有《叮咚！公共汽车》《加油！警车》等。

铃木守

日本著名画家、鸟巢研究专家。1952 年生于日本东京，曾就读于东京艺术大学。作品"海猫的旅程"系列获红鸟插画奖，《山居鸟日记》获讲谈社出版文化绘本奖。其他作品有《向前看 侧过来 向后看》《咚咚！搭积木》以及"汽车嘟嘟嘟"系列等。